너와 같은 새소리를 들었다

KB193155

강은미
2000년 『문학과 의식』을 통해 시인으로 등단했다.
시집 『나의 아래충 사람』 『너와 같은 새소리를 들었다』를 썼다.

PARAN IS 11 너와 같은 새소리를 들었다

1판 1쇄 펴낸날 2025년 4월 10일
지은이 강은미
인쇄인 (주)두경 정지오
디자인 이다경
펴낸이 채상우
펴낸곳 (주)함께하는출판그룹파란
등록번호 제2015-000068호
등록일자 2015년 9월 15일
주소 (10387) 경기도 고양시 일산서구 중앙로 1455 대우시티프라자 B1 202-1호
전화 031-919-4288
팩스 031-919-4287
모바일팩스 0504-441-3439
이메일 bookparan2015@hanmail.net

ⓒ강은미, 2025, printed in Seoul, Korea

ISBN 979-11-94799-00-9 03810

값 12,000원

*이 책 내용의 전부 또는 일부를 재사용하려면 반드시 저작권자와 (주)함께하는출판그룹
파란 양측의 동의를 받아야 합니다.
*잘못된 책은 바꾸어 드립니다.
*지은이와의 협의 하에 인지는 생략합니다.

너와 같은 새소리를 들었다

강은미 시집

시인의 말

빗물이 떨어지면 빗물이 흘러가도록 마음 한 곳을 비워 놓아야
한다

차례

시인의 말

제1부 천성을 지키며 산다는 것
천성을 지키며 산다는 것 - 11
피콜로 - 12
너와 나 - 13
노린재 - 14
고양이를 기다리는 날 - 15
먼 곳 - 16
신정호숫가 - 17
소래 - 18
양파 - 19
나의 하느님 - 20
이별 - 21
아크로바틱 - 22
나의 아레카야자나무 - 23
커피를 부치며 - 24
남천 - 25
서도소리 - 26

제2부 물 건너 저쪽
개와 나 - 29
들꽃 - 30
물 건너 저쪽 - 31
먼 - 32
구월 - 34

첫사랑 - 35

오늘도 네가 오지 않는다 - 36

내가 아는 낭인 - 37

너에게 - 38

타지의 꽃나무 - 39

점순이 - 40

산 아래 - 42

흘러가다 - 43

갠지즈 - 44

제3부 수신

너깃 - 47

북항 - 48

에스컬레이터는 오늘도 지하로 내려가지 - 49

수신 - 50

이야기 - 51

고전을 읽는 사람 - 52

적과 - 53

십일월 - 54

기원 - 56

눈 오는 날 - 57

재두루미 - 58

삼분의 일 - 59

신발 - 60

서어나무가 서어나무에게 - 62

소머리국밥 - 63

제4부 진저롤케이크

온양 - 67

호두나무 한 그루 - 68

벚꽃이 지기 전에 - 69

중국집 부부 - 70

그 사람 - 71

등대 - 72

성탄일 - 73

진저롤케이크 - 74

몽산포 - 75

잔해 - 76

고둥 - 77

까마귀 - 78

겨울 - 80

하노이 - 81

마지막 전철 - 82

해설

이병국 단정한 슬픔의 온기 - 83

제1부 천성을 지키며 산다는 것

천성을 지키며 산다는 것

도담삼봉 물가 주차장 옆 마구간에서 저도 말과 대면한 적이 있었습니다 이건 사람의 마음이고 제 마음일 수도 있습니다만 한사코 그 말은 저와 눈 마주치기를 싫어했습니다 한참 실랑이를 하다 저는 말의 눈을 기어이 보았습니다 부끄러움과 원망이 뒤엉킨 눈빛이었습니다

피콜로

자동차 두 대가 충돌한 상태로 마당에 있네 이별이 담긴 아크릴 박스가 있네 펼쳐지지 못한 책이 있네 그가 노래하네 내 사랑 굿바이 굿바이 어디서든 행복하길 바라 그가 떠나네 나도 굿바이 굿바이 노래하네. 피콜로, 금관도 은관도 아닌 목관 케냐의 커피콩이 기계에 갈리고 온몸의 피를 짜내는 곳 적막을 채우던 목소리가 지쳐 잠든 곳

우리는 목관에서 헤어졌네 그가 앉은 의자가 식어 가네 오래 갈 사랑이 아니었네 이별의 카페 피콜로에 들어와 나비로소 마음을 놓네 그가 전화를 받지 않아서 떠나간 곳의 주소를 알려 주지 않아서 마음이 놓이네 채널마다 뉴스는 흐르고 뉴스 안에서 뉴스들은 끝없이 돌고 도네 모두는 여전히 변론을 하네 아는 사람도 없고 눈에 익은 것도 없는 피콜로

너와 나

시립공원에는 저글링을 하는 사람 묘기 자전거를 타는 사람 플래카드를 걷는 사람 뜨거운 물을 마시는 사람 봄 여름 가을 네가 오고 가을이 간다 네가 있는 일 년 내내 공원 호수의 바닥은 깊어지지 않았다 물이 마르지도 않았다 밤이 오기까지 햇빛은 작은 파장을 만들어 발밑에 그림자를 띄웠다 늘 물을 응시했다

너와 재개발 중인 주공아파트 앞길을 걸었다 집을 두고 사람들이 모두 이사를 한 후였다 세 번째 지나갈 때 높이 펜스가 올라가고 그곳의 집들이 바깥에 있는 우리와 격리되는 것을 보았다 나무가 베어지는 마지막 날 모로 누운 나무 뒤로 눈을 부릅뜬 집들이 보였다 종일 근처를 걸었다

노린재

—

노린재는
경이로운 각도로 꺾인
다리로 사전을 더듬다가
사전 위 까만 지우개밥을 더듬다가
유리와 종이와 플라스틱 사이를 오가다
푸른 모과나무 쪽으로
날아갔다

노린재가 없는 책상에는
노린재가 읽고 간
한영사전
낙타
호수
타클라마칸
노린재가 없는 방엔
잠깐 눈 떴다 감는 형광등
형광등 아래에 그림자를 떨군
가시면류관 하나

—

14

고양이를 기다리는 날

고양이가 돌아오지 않는다 무릎에 엎드려 있던 갈색 고양이가 몇 년째 돌아오지 않는다 담장을 넘어 지붕 건너편으로 사라지고 말았다

내게는 돌아오지 않는 것투성이다 장을 달이던 할머니가 돌아오지 않고 할머니에게 짖던 불독이 돌아오지 않는다

불독의 다리를 허겁지겁 뜯어 먹던 셰퍼드도 돌아오지 않는다 죽기 위해 셰퍼드가 달려 나간 파란 대문과 벽돌을 쌓아 올린 난간

난간 아래에서 크던 긴 가시선인장 선인장으로 달려들던 여름도 돌아오지 않는다

나보다 일찍 사는 이치를 터득했을지도 모르는 나의 지혜로운 고양이

마른 산호에 청동 막대가 부딪히는 밤 쥐똥나무 향기가 창을 넘어와도 나비가 날아가고 풍경이 울어도 고양이는 소식이 없다

먼 곳

—

　그의 장례식장에 다녀왔다 그에게 가는 내내 노랗게 씀
바귀꽃 피어 있었다 장례식장엔 스물이 넘은 세 아이와 말
수 적은 아내와 멀고 가까운 피붙이들이 있었다 나는 오
랫동안 그의 아이들에게 책을 읽어 주고 월급을 받았다 그
돈으로 나물과 우유와 계란을 샀다 신발을 사고 아이에게
용돈을 보냈다

　국이 식고 식탁이 마르고 해가 기울었다 윤슬이 멀어진
자리에서 종신을 하느라 아이들은 슬퍼할 겨를도 없었다

—

신정호숫가

다시 벚꽃이 진다
나는 커다란 물결에 밀린 것처럼 앉은 채 잠깐 출렁였다
나보다 그 사람보다 크고 무거운 어떤 것이 나를
묵은내 나는 나를 커다란 수조 위로 옮겨 놓은 것 같았다

머리 위 어디에선지
절절한 사랑이 어디 그리 긴가
애통한 일이 어디 그거 하난가 하는 소리가 들려오고 있
었다

집이 없는 나날 신정호숫가에 벚꽃이 지고
아린 맛이었다가 슬픈 맛이었다가 쓸쓸한 맛이었다가
끝내 그리워졌던 사람이 물맛이 되었다

소래

  우리는 항구 쪽으로 걸어가다 천성이 부드럽고 순한 백도 한 보따리를 샀다 길가에 있는 공동 수돗물을 틀어 백도 두 개를 씻었다 마지막 수인선을 탄 듯했다 아이를 걸리고 우리는 짐을 나눠 들었다 그해에도 여름은 진진했다 땀을 닦아 낼 틈도 없이 아이는 불규칙적으로 뛰었고 나는 모래에 발이 빠진 채 아이를 따라갔다 밤이 되자 바다에서 돌아올 사람들이 돌아왔다 갯벌에서 마지막 썰물을 붙잡고 놀던 까만 아이들은 모두 집으로 달려갔다 모래 위에서 숯불을 피웠다 물가에 모인 사람들은 별말이 없었다 아무도 건드리지 않는 숯불에 조개껍질이 탔다 작은 물고기의 지느러미가 탔다

양파

한 사람이 완전하게 사라지는 일은 불가능 그 사람이 생각나는 부엌에서 바삭거리는 양파 껍질을 벗기네 양파는 눈물의 알리바이 그가 사라지지 않고 있으므로 나는 눈물을 벗어날 수 없네 서로 끌어안고 있다 문드러진 망 속의 양파는 그 사람과 나였네 우리는 상처와 상처 사이에서 늙어 가네 어떤 고통도 미리 앓을 수는 없다네 고통에 비밀스러움은 없다네

나의 하느님

—

사랑하는 나의 하느님은 오늘 유리창을 깨뜨리셨네 차라리 문손잡이를 없애시지 이 동네 유일한 유리 가게가 조금 전 바다로 떠난 걸 잘도 아시네 작년 여름엔 아무도 모르게 모기약을 숨겨 두고 방충망을 뚫으셨지 겨울엔 일주일이 멀다 하고 보일러를 현관 열쇠를 가져가셨지

사랑하는 나의 하느님은 블록 하나를 늘 버리시지 이유도 모르고 나는 블록을 찾으러 집을 나서지 사랑하는 나의 하느님은 그리운 것들을 치워 버리지 고양이가 그리울 때는 고양이를 개가 그리울 때는 개를 없애시지 할아버지를 너무 일찍 데려가시는 바람에 나는 기차를 타지 못했지 심술을 부릴 것도 아니면서 자루의 매듭을 푸셨지 그리곤 빵이 될 밀가루가 날아가는 걸 지켜보게 하셨지 끝내 어른으로 가는 길을 지워 버리셨지 무너지지 않기 위해 짚은 곳에 계시지 않네 겨울이 지금도 오고 가는데 오늘도 예외가 없으시네 하찮은 내 머릿속에 머무시네

—

이별

한파가 유리문을 잡고 베란다 텃밭으로 넘어올 때 상추
야 견뎌라 국화야 이겨라 다독이고 나서 시를 읽는다 한밤
중이 돼서야 밥도 뉴스도 전화도 신문도 다 마치고 나서야
시를

읽는다 열어 본다 나는 지금도 어린아이로 가는 버스를
기다리는 자 오지 않는 버스를 길가에서 기다리는 자 부모
를 잃은 채 걷는 자 풀을 스치는 자 스친 풀에 손을 다치는
자 소리에 마음을 베인 자 지난 것들을 헛되이 엮었던 자
별자리를 찾느라 앉질 못했네 밥을 같이 먹을 이여 시가
그대보다 귀한 게 아니었다

아크로바틱

—

지금까지 너와 나는 얼마나
아슬아슬했나
몬순을 기다리는 늑대처럼
우린 숨죽이고 침묵했다
무거운 것을 들고
굽을 갈아 가며
달렸다
아이와 걸을 때는 아이의 속도로
야크와 걸을 때는 야크의 속도로
걸었지만
공중에 이르기도 전에
우리의 의자는
부서졌다

—

나의 아레카야자나무

그대의 목이 마를까 봐
물줄기에 고개를 돌렸네

물이 넘친 후
우리는 멀어졌네

서로의 얼굴을 잊지 않기 위해
우리는 건조한 흙에서 살기로 했네

그러나
물에 씻겨 나간 그대의 발등
찾아올 수 없었네

커피를 부치며

—

그에게 커피가 약이라는 말을 듣고 나서
모든 커피에 눈이 간다

그와 상관없는 짧은 여행
그와 상관없는 사향고양이
그와 상관없는 내 염려

부러진 작은 걸쇠 하나에도 트럭이 흔들린다

그도 덜컹거리며 낯선 길을 오가리라

내게 등을 보이는 대추 한 알
나를 쳐다보고 있는 대추 한 알

우체국 앞 대추는 더 붉고 더 연하고 더 달다
하루하루 생각이 많다

—

남천

남녘에 왔다 그곳은 가을이었다 고국에서 나는 편치 못
하였다 나무는 비를 가려 주지 못했다 급정거를 하면 한쪽
으로 쏠리는 땅 위의 모든 것과 같이 나는 늘 시류에 휘말
렸다 휘말리며 소리쳤다 그러고도 꿈을 꾸었다 열 살엔 스
무 살이 되는 꿈을 서른엔 마흔이 되는 꿈을 차라리 멸망
하기를

남국에 비가 온다 어디서고 간수하지 못한 것들은 빗물
이 쓸어 간다 언덕에서 쏟아지는 빗물에 차가 멈춰 있다
대문마다 雨順 風調 雨順風調 기도문처럼 적혀 있다

물이 빠져나가는 동안 나는 버스 등받이에 기대어 길갓
집들의 방범창을 차례차례 읽었다 口 자 品 자 美 자 휘어
진 11자 口 品 美 口品美

이 세상 어디에도 평안은 없다

서도소리

당신이 심어 둔
수많은 이정표를 지나
외톨이 같은 산 아래
나 오랫동안 살았네

제2부 물 건너 저쪽

개와 나

  점심에 들른 식당 탁자 아래에 개 한 마리가 엎드려 있었다 내가 의자에 앉기를 망설이자 개는 슬프고도 귀찮은 눈으로 나를 보곤 바로 고개를 돌렸다 국수를 먹는 내내 미동도 하지 않았다

  저녁이면 안남미가 쏟아지고 가을이면 산초를 따는 마을이 있었다 나비는 왈츠이거나 방패이거나 압화였다 그곳엔 고육지책으로 꽃을 피우는 나무가 있었다

들꽃

—

  그녀에겐 아픈 아이가 있다 아이는 올해도 학교에 가지
않았다 그녀에겐 담배를 많이 피우고 잘 웃지 않는 남편이
있다 중고 자동차를 판다 국산 외제 모두 판다 자동차가
팔리지 않을 때는 한동안 자기들이 타기도 한다

  나는 그녀와 말을 한 적이 없다 그녀도 내게 말을 걸어온
적이 없다 슈퍼마켓이나 큰길 시립도서관 앞길에서 우연
히 만난 것 외에는 일부러 눈을 마주치지도 않았다 그런데
도 이웃으로 십 년을 살았다 십 년 동안 같은 비를 보고 같
은 새소리를 들었다 중복 지나고 예초기가 아파트 단지를
휩쓸고 지나간 저녁나절 아련하고 가슴 싸한 풀 냄새를 헤
치고 그녀가 내 앞을 달려간다 또 허둥지둥 아이 뒤를 쫓
아간다

—

물 건너 저쪽

물 건너 저쪽은 멀다
멀어서 작다
꿈같다 이 세상 같지 않다
지금이 아니다
16 대 9의 비율로 흘러간다
꿈만 같아
버드나무 가지 휘늘어진
몽유도원

물 건너 저쪽에서 저들은 무얼 하나
어디에서 걸어와 어디로 가고 있나
저들이 내는 소리가 내게 오지 않는다
저들이 가는 곳이 보이지 않는다

야청빛으로 물들어 가는
물 건너 저쪽

저들이 환하게 웃는 걸
보는 게 두렵다 저들을 봤다고 전하는 게
편치 않다

먼

누구의 것일까
여관의 세면기에
인조 속눈썹 놓여 있다

타지의 공기는
남과 같다
춥다

면 침대보에 선명하게 남은
뜨거운 컵 자국

불면이 침대보에 내려앉는 동안
혼자 있을 인조 속눈썹
인조 속눈썹 없이
외로웠을 여자

인기척이 멀어지는
맑은 날 겨울밤
길가 상점의
나무 문짝 열리고 닫히는 소리를 다 들었을

인조 속눈썹의 여자　　　　　　　　　　　　　　—

—

구월

—

　포플러 큰 잎사귀와 작은 잎사귀가 바람에 팔랑거리는 동안 길 맞은편 식당 문이 두 번 열리고 자줏빛 코스모스 하나 더 피고 흙을 가득 실은 트럭이 멈추었다 간다 출처 없는 소음이 들린다 소음 속에서 길은 늙는다 버찌는 이제 없다 누군가 밟고 줍고 쓸어 내고 마지막으로는 빗물이 모두 쓸어 가 남아 있지 않다 언젠가 한 번 눈이 마주친 후로 검은 개는 짖지 않는다

—

첫사랑

근대국이 떨어질 만하면
근대국 그릇이 왔다
멸치볶음이 떨어질 만하면
멸치볶음 접시도 왔다
뒤를 돌아보았다
장례식장 한쪽에선 아버지를 여읜 가족들이
저녁을 먹고 있다
누군가 빈자리로 천천히
무릎걸음을 걷는다

이제야 네가 한 말들이 내게 온다
그때 담지 못한 마음이 국으로 찬으로 온다
눈물이 왈칵 쏟아졌다
너는 어디에 있기에
내 밥상을 다 읽고 있나

오늘도 네가 오지 않는다

두부 장수가 왔다 집 앞에서 사오 분 머물다 간다 화요일이면 나는 저 사람의 두부를 너와 같이 먹었다 방 안에 앉아 종소리를 들으며 서랍을 열어 본다 나는 너를 기다리는데 두부 장수는 누구를 기다릴까

환율은 어떻게 되었을까 두부 장수가 흔드는 종소리를 들으며 중요한 순간은 왜 설명될 수 없는지 생각해 본다 언제부터 네가 나를 떠나려고 했는지 짐작을 할 수 없다 왜 나는 너의 일부만 사랑했는지 왜 나는 세계의 부분만을 사랑하게 되었는지 생각해 본다

이해되지 않는 세계, 너와 나 사이 먼 징검돌, 자초한 것들

내가 아는 낭인

　물고기가 물길을 거슬러 오르는 오후 오래된 집 한 채가
살아남기에 여념이 없는 오리 일가를 본다 어린것들이 물
그림자에 숨어 있다 어미를 쫓아 푸드덕거리는 걸 지켜본다
땅 위의 것들을 남아 있게 한 어미의 팽팽하고 높은 직무

　그림자를 늘어뜨릴 때까지 시간이 밀리는 버드나무 옆에
서 물 위의 것들이 사라진 뒤에도 물을 바라보는 집 한 채

　침이 마르고 벽돌이 부스러질 때까지 손으로 턱을 괴고
숨을 작게 내쉬다 사람이 지나가면 사람들을 조금 따라갔
다 돌아오는 집 한 채

너에게

—

　만약 내가 예기치 않게 네 손을 잡는다면 네 목소리에서 어린 고양이 소리를 들었기 때문이라 여겨 주길 바라 그때의 너는 너도 알지 못하는 어린 고양이의 시간이고 그때 나는 그 소리를 들을 줄 아는 어미 고양이의 귀였다고 여겨 주길 바라 아니 온전히 어미 고양이였다고 여겨 주길. 그러니 너도 모르게 심지에서 어린 고양이 소리가 날 때는 어린 고양이로 있어도 돼 어린 고양이 소리로 나를 불러도 돼 나오고 싶을 때까지 문을 잠가도 돼

　내 속눈썹을 홀로 건너가는 사람아 무거운 걸 짊어지고 줄 위를 걸어가는 사람아 선하고 여린 가지가 고개를 돌려 중심을 만들 때까지 나를 떠올려 주길 바라

—

타지의 꽃나무

　열다섯에 대문을 부수고 집을 나간 고종사촌 병수는 서른 즘에 집으로 돌아왔다 어떻게 살았냐고 물었지만 웃기만 했다 마흔이 될 때 양은냄비에 호박새우젓국을 잘 끓이는 여인과 살림을 차렸다 집 옆의 밭을 샀다 다리 너머 논도 샀다 여인의 아이를 데려와 학교에 보냈다 이웃들에게 남의 자식을 키운다는 말을 함부로 뱉지 못하게 했다 할머니가 세상을 떠나자 흐느껴 우는 고모를 달랬다

　고모도 세상을 떠나고 다시 몇 해가 지난 여름 큰비로 병수의 집이 무너졌다 가녀린 벽과 지붕과 부엌이 댓돌에 있던 신발이 뒤란을 채웠던 산대가 흙에 덮였다 망연히 서 있던 병수는 삽을 던졌다 흙을 파도 건질 게 없다고 했다 한데서 밤을 보낸 병수는 아이 손을 잡고 여인과 첫차를 탔다 낯설고 참한 저녁이 사라졌다

점순이

　一　　점순이란 이름을 가진 친구가 있었네 그녀에겐 나이가
많은 남편과 열 살 안팎 네 명의 자식이 있었네

　　눈동자가 까맣게 빛났네 맑은 앞니가 튀어나와 늘 웃었
네 긴 손가락으로 밥상도 맛있게 차렸네 식혜도 잘 만들고
두부가 들어간 묽은 돼지고깃국을 잘도 끓였네

　　자기 식구 건사하기도 바쁜 점순이가 어쩌다 명절 음식을
보내오면 궁금함이 덜어졌네
　　지난겨울 부고를 받고 그녀에게 다녀왔네 다 큰 아이들이
점순이 얼굴을 하고 서 있었네

　　가로등이 벽돌을 비추는 저녁

　　바라나시로 가는 기차 앞자리에 한 여인이 가족과 앉아
있네 마가다 왕국의 동전으로 쌀을 샀을지도 모르는 여인
힌디어로 아이를 달래네 소리 없이 웃네 맑은 이를 가졌네

　　기적이 울리면 창밖을 바라보네
　_　어느 생을 건너 우리는 마주 앉은 걸까 아무도 알지 못하

는 저녁을 맞네 —

—

산 아래

그곳의 밭이 좋은 것은
홀로 걸어온 눈물 때문이다

눈물을 닮은 감자
감자를 닮은 양파
양파를 닮은 생강
생강을 닮은

마을

흘러가다

인화에서 기차가 멈춘다 마을이 보인다 이곳에도 오래 전부터 탄생이 있었으리라 이곳이었으므로 내가 알지 못했을 것이다 내가 알지 못했어도 흐를 것은 흘렀을 것이다 땅을 적셨을 것이다 지금까지 살아남았으므로 메말랐거나 넘쳤을 것이다

미정아 된장을 끓일 때마다 너를 생각한다 호박은 괜찮은데 두부가 쉬었다는 네 걱정이 여전히 나를 잡고 있다 해가 지면 시소 위엔 아무도 없다 모래에 우리를 앉혀 놓고 그들은 모두 어디로 갔을까

몇 개의 불빛 아래서 나는 지금 마주 오는 기차를 무작정 기다린다 따뜻한 말소리를 기다린다 캄캄한 것을 뚫고 나올지도 모르는 생황 소리. 알타이소가 풀을 뜯던 들판에서 나는 홀로 귀를 기울인다

갠지즈

한밤중 개 짖는 소리와
집으로 돌아오는 오토바이 소리

낮은 기도 소리
낯선 전화벨 소리
이제 들리지 않네

타다 만 장작과 함께
물소리와 나 한 몸이 되었네

가장 먼 곳에 있는 나를
처음으로 보았네

제3부 수신

너깃

은행이 떨어진 우레탄 길을 걷는다 줄 끝에서 사람을 따라가는 강아지를 본다 얼굴에 눈물 선이 있다. 강아지에게 눈물이 있다는 것이 소에게 낙타에게 아버지에게 눈물이 있다는 것이 가슴을 울린다 우리는 모두 소실점에서 왔다.

북항

누군가 낚시를 하다 떠났다
미끼로 쓸 새우 살을 그대로 두었다

물에 임박한 난간에서
오열을 맞춰 대기 중인 분홍 새우 살

병뚜껑으로 자른 듯 살 끝이 거칠었다
크기는 모두 달랐지만
작은 고기를 잡기 위한 것이었다

뜨거운 태양 아래서 정지해 있는 새우
입구이거나 출구인 바다를 목전에 두고
본분이 유예된 자

읽히지 않는 수어
부잔교에 떨어진 경전

북항,
소금을 밟지 않고는
시간이 흘러가지 않는다

에스컬레이터는 오늘도 지하로 내려가지

지하철이 급히 멈췄다
누군가 비명을 질렀다
연인에게 달려갈 수 없는 젊은이가 순식간에
꽃이 되었다
송두리째 만발했다
강이 넘쳤지만
한 방울의 물도 꽃에 이르지 못했다
우리 모두 눈물을 흘렸지만 젊은이를 적시지 못했다

수신

—

어머니에게 닿는
쉽고 아름다운 말을 찾으려
겨울까지 걸었다
돌아가는 길을 지웠다
봄이 되어서야
길 끝에 도착했다

길 끝에 서서
귀를 기울이면
늦은 눈송이가 가져온
서로 하지 못한 말

사랑한다, 사랑한다,

들려온다
바다가 멀어질 때
거친 바람을 타고
눈이 마주치기도 전에 녹아 버렸던
따뜻한 말

—

이야기

  노파는 말했다 물속에서 전복을 건질 때였다 전복 옆에
는 숨이 멎은 사람 하나가 가라앉아 있었는데 그를 물고기
들이 달려들어 뜯고 있더란다 그걸 본 후로 물고기 먹기가
어렵더란다 오십 년쯤 지난 어느 날 그 이야기를 손주들에
게 말해 주려 했는데 오래 묵혀 두었던 이야기가 날개를
달았는지 어디로 스몄는지 이후로는 그 옛날 전복이나 물
에서 죽은 사람이 뜻도 형체도 없더란다 어딘가로 흩어져
깃발이 되고 풍경이 되었겠지 하다 손주들을 봤더니 아무
것도 모르는 손주들은 푸성귀 옆에서 푸성귀가 되고 자반
옆에서 자반이 되더란다

고전을 읽는 사람

—

너는
따뜻하게 빛나는
눈동자를
얇은
눈꺼풀로 덮었다 연다
마른 손등을
다른 손등으로 덮으며
숨을 뱉는다
말을 잊는다
눈보라 치는 창 앞에서
고요하다
눈보라 그친 창 앞에서
풍경이 된다
소신할 듯
영원할 듯

—

적과

배꽃이 졌다
환희는 가라앉았다
새가 쪼아 먹다 남은 봄이
배나무와 배나무 사이에 떨어져 있다

나는 이제 없어
네가 나야

어린 열매와 어린 열매가 헤어지며 낮게 읊조리는 소리가
들린다

언덕을 넘어온 따뜻한 바람이 이 이별을 쓰다듬어 주었다
아픈 등을 토닥여 주었다

외로움을 지나
목마름을 지나
경이로움을 지나 서늘해지면

홀로 선 어린 열매는 우리가 아는 높은 이상을 지니게 될
것이다

십일월

─
　　그이는 커튼을 치고
　　베개에 머리를 묻고 안대를 한다

　　그이를 품은 침대는
　　이불 솜 사이로 파고든 공기처럼
　　부피가 없다

　　집 전화의 벨이 울린다
　　그이는 돌아눕는다
　　휴대전화 벨이 울린다
　　그이는 안대를 열고 번호를 본다
　　전화기를 끄고 다시 안대를 한다

　　다산초당 63㎞
　　선운사 105㎞
　　진도 54㎞
　　좌표에도 바람이 차가워지는데

　　눈을 뜨면
─　　슬픔에 잠긴 이가 너무 많다

수많은 그이들을 잡고 있는 수많은
의무들
권리와 의무 사이에서
매일 내동댕이쳐지는 그이들

기원

—

　얼음물에 밥을 말아 먹는다 유월 첫날 해는 동에서 남으로 서로, 우리 집 창에서 옆집 방향으로 길게 넘어간다 오늘은 들기름에 지진 두부가 천천히 식는 날 바람이 순들순들하게 불어 땀이 안 나도 덥기는 한 날 삭힌 고추와 함께 담은 묵은 동치미를 그릇에 담고 마루에 주저앉아 점심을 먹는다 밥알을 삼키고 고개를 돌리면 삭힌 고추 내 검고 간간한 간장 내

　얼음물에서 길어 올린 밥알이 언 채로 이에서 부서진다 손끝에 닿을 듯 백석이 온다 이동순 선생이 온다 와서 기웃거린다 옛 냄새가 나느냐고 묻는다 평생을 바쳐 일가를 이룬다는 게 뭐냐고 묻는다 문득 백 년이나 이백 년 전 조상의 자리로 올라앉은 얼굴 모르는 내 할머니 할아버지가 왔다 간다 이마가 따뜻해진다

—

눈 오는 날

눈이 오는 날이면 멸치를 끓인 물에 된장을 넣고 배추 겉
잎을 끓인다 양파도 썰어 넣고 두부도 썰어 넣는다 해 저
물고 밤 오고 자동차 지나는 소리가 드물어질 때까지 눈
내리고 쌓이면

그대도 나처럼 된장만 끓이고 사람은 기다리지 않아야 한
다 귀한 사람 발길이 끊어지는 것을 슬퍼하지 말아야 한다
바람이 문을 치는 소리나 먼 사람 소리가 바람 소리와 같
아질 때 그럴 때는 술 말고 커피 말고 햅쌀밥에 푸른 배춧
잎 찌개를 힘써 만들어 먹고 마음을 달래야 한다 허기지지
않게 휘청거리지 않게 살날을 더 생각해야 한다

재두루미

지난여름
동물원 근처 시냇가에 혼자 서 있던
그 재두루미는
머리를 조아려 밥을 먹지도 않았고
날개를 들어 친구를 부르지도 않았다
나를 보고 놀라지도 않았고
내가 오랫동안 바라봐도
날아가지 않았다
땀을 흘리지 않았고
그늘을 찾아가지도 않았다
머리끝에 단 빨간 댕기를
이따금 숙이며 한 발 한 발
걸음을 옮겼다

삼분의 일

   나 혼자 산다를 본다 또 깊은 밤이다 가족들은 모두 다른 집에서 잠들었다 선풍기를 돌려 가며 흐르는 땀을 닦아 가며 이미 여러 번 본 걸 또 본다 같은 걸 그냥 보는 마음이 오늘 우리 집에 있다 그런 마음이 통째로 삶일까 봐 불안한 마음이 우리 집에 있다 그러나 그게 가장 평범한 삶일지도 모른다고 고개를 끄덕이는 마음이 여기 삼분의 일짜리 집에 있다 슬그머니 옆집에 귀를 대 본다 옆집도 조용하다 그러니 혼자 나 혼자 산다를 본다고 고민하지 않아도 된다 세 집 중 한 집이 혼자라는 기사에 맞게 오늘 나는 혼자 나 혼자 산다를 본다

신발

신발이 내 발을 잊고 과거로 돌아간다
신발이 내 발을 잊었다는 건
본질로 돌아간다는 것이다
신발에게 나는 우연이었다
신발을 이룬 고무와 천과 실과
내가 알지 못하는 인과의 결집체들은
정말 우연히 나와 만난 것이다
자꾸 물집이 잡히는 발에 연고를 바르다
알게 되었다 초지일관
신발로 탄생한 이후부터 신발은
본래로 돌아가려 했던 것인데
나는 발에 신발을 맞추려
무진무진 공을 들였던 것이다
내 마음이 떠났다는 걸 안 그 순간부터
신발은 나를 떠나기로 하였으며
나로부터 완전하게 멀어지길
참을성 있게 기다린 것이다
네 발 모양이 변한 것이라고
누군가 나를 아무리 설득해도 나는 이제
아니라고 말할 수 있다

60

내 신발은 처음부터 내 것이 아니었다고
신발은 신발의 것이었다고

서어나무가 서어나무에게

한동안 보이지 않던 여인이 산책을 나왔다 옷 속으로 목탄 크로키 한 점이 비쳤다

어린아이처럼 눈앞의 것을 보았다 몸을 안고 있는 벤치 벤치를 잡고 있는 손 손등을 오르는 개미들 무엇이 그녀를 관통했을까 개미를 치우지 않았다 귀찮은 걸 치울 생각이 없어 보였다 비둘기가 푸들이 모형 자동차가 지나갔다 휠체어가 자전거가 음식을 배달하는 오토바이가 멀어졌다

오디는 떨어져 밟힌다 오디를 향해 새는 낙하한다 풀숲에서 크는 서어나무가 아무도 모르게 풀이되는 날 간곡한 것들이 끝끝내 나를 알아보지 못했다

소머리국밥

긴긴 여름날
지친 소가 바라본 풍경이 비친다
먼 풍경을 담아 두던 소의 마음이 보인다

체념과 두려움과 호기심이 반죽된

아무것도 없는

그러나 모든 것이 다 녹아 있는

순한 소머리국밥

제4부 진저롤케이크

온양

파초가 자라는 골목
민들레가 피어 있는 여인숙을 지난다

두 손으로 땅을 짚고 있는 노란 간판

천천히 수평으로 날아가는 새와
천천히 수평이 되어 가는 집들

외지고 외진 나를 데려가는 기차처럼
홀씨의 마지막 집일지도 모르는 곳

천변에 머무는 사람

묵처럼 굳어 가는 귀향길,

헤어지자는 말을 차마 하지 못했네

호두나무 한 그루

눈을 감으면
빗소리 바람 소리가 밥벌이하는 소리

소리는 태어나
적막을 다 채우지 못하고 떠난다

뜻대로 살 수 없다는 것은
슬픈 일

열매는 떨어져 밟히고
끝내 언다

벚꽃이 지기 전에

올해도 벚꽃을 보게 된다면
저 꽃잎이 여전히 네게도 나와 같은 문자라면
네가 밟고 온 꽃은 잊어야 한다
꽃잎을 놓은 후부터 안거에 드는 벚나무처럼
꽃길에서 본 것들은 꽃길에서 잊어야 한다
벚나무의 안거가 벚나무의 평상심인 것처럼
그 사람 일은 그 사람의 것이다

중국집 부부

그녀 집에서 가자미 굽는 냄새가 난다
석쇠 뒤집는 소리가 난다
그녀의 남편이 슬리퍼를 끌고 나온다
석 달 후에 폐암으로 세상을 뜰 사람이다
담배에 불을 붙이고 그가
비에 젖는 자신의 오토바이를 본다
밥상 다리 펴는 소리가 난다
결과가 뒤집혔으면 하는 소리가 난다
양장피 한 접시 뚝딱 만들어 고량주 병과 건네주고
정작 자기들은 가자미를 굽더니
부부는 종일 침묵이다
가스불을 끄고 한참 지나
남편 부르는 소리가 들린다
서로의 생애가 밟히는 그 집과 나의 식사
가자미를 잊은 건지
마음이 가는 내내
가시 바르는 젓가락 소리도 없고
흐느끼는 소리도 없다

그 사람

볕 좋은 날
어리굴젓집 바깥 의자에

귀밑머리가 푸릇푸릇한
옆얼굴 실핏줄이 선명한
막 이발한 밑머리의 머리카락이 흰
눈빛이나 마음이 정처 없고 고요한
회청색 얇은 바지가 정결한
묻는 말소리가 작고 느릿한
듣는 자세가 소리와 사뭇 먼
어리굴젓 제일 작은 것을
한참 만에 주문하는 사람

북국의 끝에 하염없이 앉아
누군가를 기다리다
다른 세상으로 건너갈 것만 같은

등대

여자 몸 위로 파도가 지나갔다
다른 파도가 여자를 덮었다
물결이 거칠었다 물결은 물결 속에서
여자에게 무슨 말을 하는 것 같았다
수평선이 흔들렸다
다시 여자를 밀치며 파도가 밀려왔다 밀려갔다
점으로 날고 있는 갈매기
소리가 사라진 물결
나는 지금 캄캄한 밤
흔들리는 아이

여자는 물을 짚고 일어섰다
깊은 바다에 서서 생각하고 생각했다
손이 닿지 않는 곳에 아이들을 남겨 놓고
너무 먼 곳에 간 여자

성탄일

밤이 깊었다

고사리 볶는 내가 천천히 가시고 있었다

난로가 식어 가고

적막하게 밤이 왔다

부서지기 직전의 여자가

홀로 깨어 일어나 타래의 실을 감는다

비에서 눈으로 가는 빗방울이

흐르는 손가락으로 유리창을 움켜쥔다

심야방송이 혼자 흘러간다

눈송이가 흩날린다

진저롤케이크

    너무 작고 복잡한 이유로 뉴스를 믿을 수가 없다 가부좌를 튼다 가부좌를 푼다 이따금 눈을 뜨고 창밖을 본다 끝이 보이지 않는 길이 있다 유리창 밖으로 이따금 자동차가 지나간다 까만 길만 보이다 자동차도 보인다 가로수만 보이다 자동차도 보인다 가로등만 보이다 자동차도 보인다 정의 부모 자식 같은 생각도 종종 지나간다 꽃잎이 뚝뚝 떨어진다 보이는 것이 보이지 않는다 들리는 것이 들리지 않는다

    돈은 좀 떳떳하게 벌어야 하는 거 아닌가 생각하다 강아지와 눈이 마주쳤다 전투가 끝나면 흐르는 물에 칼을 씻고 갑옷을 벗어야 하는데 전투가 끝나도 여전히 전장이다

몽산포

전봇대가 전선을 잡고 있다
기둥이 깃발을 잡고 있다
해변이 바다를
흙이 소나무를
하늘이 눈보라를 잡고 있다

잔디가 의자를
한사코 잡고 있다
나무의 손끝이 부러지는
바람 많은 날
폭설이 다시 온다는데
네가 없다

잔해

—

　이 동네의 별자리를 만들었다는 그이가 자주 출몰하게
된 후 논물에 발을 담근 왜가리가 나를 잊었다 자반고등어
가 홀로 식어 가는 밥상이 나를 지나쳤다 축구공에 부러진
갈비뼈가 갈비뼈를 감싼 오래된 패턴의 셔츠가 모래 위에
만든 간이 탁자가 간이 탁자 위의 소주가 양산이 갯벌을
드나들던 물결이 물결을 잡던 어린 남자아이가 나를 알아
보지 못했다 시니피앙 시니피에, 어긋난 카드처럼 시니피
앙 시니피에. 뜻이 소거 중인 것처럼.

—

고둥

여름이면 고둥을 잡아 집에 왔던 여인

한천이 말라 가는 부엌에서
고둥을 삶았지

뾰족한 것으로 살을 빼
내 손바닥에 놓았지

소라보다 작은 심장을 가진
고둥

아무 말 없이 손에 밴
쌉싸름한 고둥 향

까마귀

집광판 위에
까마귀 앉아 있네

보은이
군사부일체가
서책 한 권이

나를 바라보네

이악스럽지 않은
아크릴로 깎은 듯한
순하고 우직한 부리가

먼 산을 바라보네

지나는 사람은
여섯
둘은 가고 넷이 오네

오가는 것들이

손에 든 것들이 어깨에 멘 것들이
발에 꿴 것들이

요란하네
소란스럽네

미동도 없이
까마귀 눈이 아련해지네

끄트머리에서 다른 끄트머리로
까마귀는 또 날아야 하네

겨울

　

―

도라지와 마음을 나눈 이는
안다
때가 되면
꽃을 버리고 잎을 접고 대를 뉘며
그해의 도라지가 손을 놓는다는 것을

겨울은 눈을 뿌려 상실을 덮고
땅 깊은 곳까지 따뜻한 생각을 보낸다
올해는
낮고 평평한 영혼이 있는 곳에
볕이 길었다

―

하노이

약령시장을 지난다
열대의 나무라고 불사하는 건 아니다
길가의 괴목들은
피가 마른 잎을 발등에 떨어뜨린다
아이가 종일 잎을 쓸어 담는다

마지막 전철

어디선지
짙은 고수 향이 난다
고개를 틀게 하는
더운 나라 향채
타국이다 타국이다 읊조리는
목소리
누가 먼 먼 이국에서
마지막 전철을 타고
돌아가나 돌아오나
누구를 그리다
이렇게 늦게
이렇게 할 수 없이
돌아가나 돌아오나

단정한 슬픔의 온기

이병국(시인, 문학평론가)

무력한 자기 존재에의 성찰

강은미 시인의 이번 시집을 통어하는 감각은 단정함과 그 안에 깃든 슬픔의 낙차에서 비롯한다. 그것은 자신과 타자의 일상을 응시하는 시인의 시선과 결합하여 절제된 언어로 표현되며 행과 행, 연과 연 사이의 여백을 통해 굴절되는 언어적 맥락은 존재의 고단한 삶과 그 연장에 놓인 죽음을 사유하도록 이끈다. 어떤 면에서는 현실적인 고달픔이 지닌 직접성을 비틀어 마음의 애씀을 형상화함으로써 세계에 대한 시적 대속을 수행하는 것처럼 느껴지기도 한다. 최선을 다해 현상적 부재를 어루만지며 시적 대상을 대신하여 앓는 마음, 그리고 그것을 감추며 너머의 자리를 위무하는 윤리적 태도가 강은미 시인의 이번 시집의 주조를 이룬다고 할 수 있겠다.

"채널마다 뉴스는 흐르고 뉴스 안에서 뉴스들은 끝없이 돌고 도"는(『피콜로』) 언어 과잉의 시대에서 "천성을 지키며 산다는 것"은(「천성을 지키며 산다는 것」) 무엇일까 묻는 강은미 시인은 세계에 군림하는 시적 주체나 타자에 대한 윤리적 자의식이나 언어에 대한 실험적 자의식에 과도한 의미를 부여하는 시적 풍토에 저항하듯 시를 쓰는 듯하다. 그것은 흔히 세계의 자아화라고 불리는 서정 갈래의 양태가 지닌 폭력적 동화를 거부하는 시인의 성찰적 층위에서 이루어지는 것이라 볼 수 있다. 시적 주체와 세계의 접촉면에 주목하여 그것을 내면화함으로써 동일시하는 일은 전능한 자아만을 생산할 뿐이라서 타자를 삭제하고 세계를 부정하는 데로 나아가며 시적 주체를 무지한 상태로 남게 한다. 그런 이유로 시인에게 요청되는 것은 세계를 자아와 동일시하여 매끄러운 재현의 양태로 시를 구성하는 것이 아니라 세계와 자아 사이의 결락과 단절, 그로부터 비롯된 낙차의 정동으로부터 사유되는 무력한 자기 존재에의 성찰인지도 모른다.

도담삼봉 물가 주차장 옆 마구간에서 저도 말과 대면한 적이 있었습니다 이건 사람의 마음이고 제 마음일 수도 있습니다만 한사코 그 말은 저와 눈 마주치기를 싫어했습니다 한참 실랑이를 하다 저는 말의 눈을 기어이 보았습니다 부끄러움과 원망이 뒤엉킨 눈빛이었습니다

　　　　　　　　　　　—「천성을 지키며 산다는 것」 전문

시집을 여는 시 「천성을 지키며 산다는 것」은 충북 단양

에 있는 '도담삼봉'에서의 경험을 전유한다. '삼봉'이라는 단어에 주목하여 삼봉 정도전과의 관계를 떠올릴 수도 있겠으나 그것은 그리 중요한 정황이 아니다. 오히려 시인이 착목하고 있는 "도담삼봉 물가 주차장 옆 마구간"의 '말'에 주의할 필요가 있다. 구체적 공간을 적시하고 있기 때문에 '말'은 '말(馬)'로 그 어의를 수용해야 마땅하겠으나 약간의 오독을 허용한다면 '말(言語)'로 읽을 여지도 충분하다. 그 이유는 시를, 시어를 대하는 시인의 정서적 울림 때문이다. "말과 대면"하는 것을 "사람의 마음이고 제 마음일 수도 있"다고 한 것에서 접촉에의 지향을 엿볼 수 있다. '말'이라는 실재와의 관계를 설정하고자 하는 적극적 의지는 "한사코 그 말은 저와 눈 마주치기를 싫어했"다는 진술을 통해 알 수 있듯이 자의적인 폭력의 양태를 띠는 것도 사실이다. 그럼에도 "말의 눈을 기어이 보"려는 저 시적 주체의 태도는 언어를 운용하여 시를 쓰는 시인이 자신을 되비춰 보기 위한 간절함에 기인하는 것으로 짐작된다. 이를 무지한 상태로 세계와 동일시하지 않기 위해 "말의 눈", 언어의 심층을 목도하기 위한 시인의 고투라고 할 수 있겠다.

놀랍게도 시적 주체가 '말'과 마주하여 감각하는 것은 "부끄러움과 원망이 뒤엉킨 눈빛"이다. 이때의 '부끄러움'과 '원망'을 일차적으로 '말(馬)'의 것이라 이야기할 수 있다. "눈 마주치기를 싫어"한 '말'의 본능을 억압하고 강제함으로써 자신을 노출시키게 되는 부끄러움이 시적 주체를 향한 원망으로 표출되었을 것이기 때문이다. 그러나 부끄러움과 원망을 감각하는 것은 순전히 시적 주체의 몫임을 염두에 둘 필요가 있다. 즉 "부끄러움과 원망이 뒤엉킨 눈빛"은 '말'이 아닌 사람의 마음이 투사된 것으로 보는 게 옳다. 그렇다면 무엇이 시적 주체로 하여금 부끄러움과 원망을 느끼게 하는 것일까. 앞에서 이야기했듯 '말'은 '말(言語)'을 포함한다. 시적 주체가 운위하는 '말'은 시어일 수밖에 없다. 그러므로 자신이 사용하는 시어와 마주하는 시인의 마음을 부끄러움과 원망으로 읽을 수 있는 것이다. 시인이 시인으로서 천성을 지키며 산다는 것은 자신이 운위하는 언어에 깃든 부끄러움과 원망을 수용하는 것이자 그러한 감정을 불러일으키는 일련의 행위를 똑바로 응시하는 데에서 비롯하는 것이기 때문이다.

　이는 어려운 일이기도 하다. '말'은 오롯이 내 것이 아닌, 그 자체로 불가해한 타자성을 지닌 채 주체로부터 벗어나 있는 무엇이기 때문이다. '말'을 강제로 주체의 곁으로 이끄는 것은 폭력일 뿐이라서 세계를 성찰하는 시인에게 유의미한 사유를 불러오지 못한다. 오히려 미끄러지는 욕망만을 드러내며 부끄러움과 원망의 정동에 시인을 잠식할 따름이다. 천성을 지키며 산다는 것, 그 삶을 상투적 의장에 머무르게 하지 않는다는 것은 언어가 지닌 낙차를 수용하는 태도에 있다. 강은미 시인이 이번 시집을 통해 보여주는 언어의 단정함과 타자를 향한 윤리가 이로부터 시작된다.

평상심의 공유

강은미 시인이 "시가 그대보다 귀한 게 아니었다"라고 말하는 것은 무언가의 부재를 인식하는 데에서 기인한다(「이별」). 그것은 언어의 단정함과 타자를 향한 윤리라고 언급한 것과 그리 멀리 떨어져 있지 않다. 시인은 "상처와 상처 사이에서 늙어" 가며 "어떤 고통도 미리 앓을 수는 없다"고 인식하는 존재의 곁에서 그 일상적 상실감으로부터 비롯된 고독을 섣불리 말하지 않는다(「양파」). 다만 현상을 환유적으로 나열하며 그로부터 부재를 나누어 견딘다.

　고양이가 돌아오지 않는다 무릎에 엎드려 있던 갈색 고양이가 몇 년째 돌아오지 않는다 담장을 넘어 지붕 건너편으로 사라지고 말았다
　내게는 돌아오지 않는 것투성이다 장을 달이던 할머니가 돌아오지 않고 할머니에게 짖던 불독이 돌아오지 않는다
　불독의 다리를 허겁지겁 뜯어 먹던 셰퍼드도 돌아오지 않는다 죽기 위해 셰퍼드가 달려 나간 파란 대문과 벽돌을 쌓아 올린 난간
　난간 아래에서 크던 긴 가시선인장 선인장으로 달려들던 여름도 돌아오지 않는다
　나보다 일찍 사는 이치를 터득했을지도 모르는 나의 지혜로운 고양이

　마른 산호에 청동 막대가 부딪히는 밤 쥐똥나무 향기가 창을

87

넘어와도 나비가 날아가고 풍경이 울어도 고양이는 소식이
없다

─「고양이를 기다리는 밤」 전문

　이 시의 화자는 "담장을 넘어 지붕 건너편으로 사라"진
"고양이가 돌아오지 않는다"고 명징한 언어로 제시한다. 이
어지는 부분에서 '고양이'는 '할머니'와 '불독', '셰퍼드' 그
리고 '여름'으로 확장된다. 꼬리를 물고 연결되는 존재들의
부재는 죽음을 연상케 한다. 존재의 실재 여부는 기실 중요
치 않다. 주목해야 할 점은 존재의 부재일 따름이다. "돌아
오지 않는다"는 사실 적시는 돌아오지 않을 것이라는 믿음
의 층위에서 실재를 가시화한다. 그것이 "사는 이치"라고
말하는 화자는 삶을 죽음 혹은 부재의 방향성에 놓고 있는
셈이다. 아무리 이곳에서 "마른 산호에 청동 막대가 부딪"
혀 소리를 내더라도, "쥐똥나무 향기가 창을 넘어와" 방을
채워도, "나비가 날아가고 풍경이" 운다 해도 그 실체적 감
각으로는 부재가 야기하는 상실감과 고독을 해소할 수 없
다. 상실감과 고독은 그저 "커다란 물결에 밀린 것처럼 앉
은 채 잠깐 출렁"이게(「신정호숫가」) 할 수는 있을지언정 그렇
다고 해서 '나'란 존재를 붕괴시키진 못한다. 화자는 부재
에 수긍하며 일상을 지켜 내는 쪽으로 움직인다. 그리고 그
일상은 삶을 기만하거나 괴로운 것으로 만들기보다는 불가
피함을 온전히 자신의 것으로 받아들임으로써 삶에 좀 더
충실해지기 위해 노력하는 긍정의 모습으로 전유된다.

그녀에겐 아픈 아이가 있다 아이는 올해도 학교에 가지 않
았다 그녀에겐 담배를 많이 피우고 잘 웃지 않는 남편이 있다
중고 자동차를 판다 국산 외제 모두 판다 자동차가 팔리지 않
을 때는 한동안 자기들이 타기도 한다

　나는 그녀와 말을 한 적이 없다 그녀도 내게 말을 걸어온
적이 없다 슈퍼마켓이나 큰길 시립도서관 앞길에서 우연히
만난 것 외에는 일부러 눈을 마주치지도 않았다 그런데도 이
웃으로 십 년을 살았다 십 년 동안 같은 비를 보고 같은 새소
리를 들었다 중복 지나고 예초기가 아파트 단지를 휩쓸고 지
나간 저녁나절 아련하고 가슴 싸한 풀 냄새를 헤치고 그녀가
내 앞을 달려간다 또 허둥지둥 아이 뒤를 쫓아간다

—「들꽃」 전문

　부재를 통한 삶의 긍정은 타자의 삶을 향한 응시로 변주
되어 반복된다. "이웃으로 십 년"을 산 타자의 삶에 대해
화자는 섣불리 비극적이라 재단하지 않는다. 그저 객관적
사실을 적시하며 정황을 밝힐 따름이다. 학교에 갈 수 없
을 정도로 아픈 아이를 돌보는 '그녀'의 삶을 평탄하다고
말할 수는 없다. 그렇다고 혹독하다고 이야기할 수도 없는
것은 주어진 정보가 제한되어 있기 때문이다. 그것은 화자
가 그렇듯 시인 역시 타자의 삶에 직접적 개입을 하지 않
기 때문이다. 그저 중첩한 경험, 이를테면 "같은 비를 보고
같은 새소리를 들었다"는 경험만을 제시함으로써 '그녀'의
삶이 '나'와 다르지 않음을 제시한다. '그녀'의 삶에 깃든

슬픔을 예단하여 제시하지 않는 대신 "저녁나절 아련하고 가슴 싸한 풀 냄새"로 '그녀'를 형상화함으로써 '그녀'의 일상을 부드럽게 감싼다. 이는 「중국집 부부」에서 "석 달 후에 폐암으로 세상을 뜰" 남편을 위해 가자미를 굽는 '그녀'의 "침묵"을 진술하는 태도와 겹친다. "서로의 생애가 밟히는 그 집과 '내'가 교차하는 한순간을 포착하여 언어화하는 시인은 주어진 현실 속에서 성실히 살아가는 타자의 삶을 예민하게 살피고 긍정하는 데 자신의 역할을 다한다. 연민에 기반한 구체적 개입보다는 객관적 사실을 적시하며 그 너머에 아스라이 흐르는 존재의 슬픔을 잠시나마 어루만져 줌으로써 타자의 삶(과 시적 주체의 삶)에 온기를 나누는 데 집중하는 것이다.

이를 평상심의 공유라고 할 수 있겠다. 평범한 일상을 지키는 마음을 평상심이라고 할 때 그것은 같음을 반복하여 삶을 지속하게 만든다. 또한 그것은 불안정하고 불확실한 삶 속에서 자신을 소모시키지 않음으로써 견고한 존재가 되게끔 한다. 그리하여 '들꽃'처럼 화려함을 욕망하지 않고 강제된 자리에 자신을 놓지 않는다. 그럴 때 존재는 그 어떤 당위에도 휩쓸리지 않으며 오롯이 자신을 자신으로 놓아둘 수 있다. 물론 이는 그리 쉬운 일이 아니다.

눈을 감으면
빗소리 바람 소리가 밥벌이하는 소리

소리는 태어나
적막을 다 채우지 못하고 떠난다

뜻대로 살 수 없다는 것은
슬픈 일

열매는 떨어져 밟히고
끝내 언다

─「호두나무 한 그루」 전문

평상심을 유지하며 산다는 것은 자신의 뜻을 관철하며
살 수 있는 적극적 수행에 가깝다. 그러나 우리의 삶은 이
를 쉽게 허용하지 않는다. 생산과 성과를 강제하는 세계에
서는 "빗소리 바람 소리"조차 "밥벌이하는 소리"로 들린다.
그것은 "적막을 다 채우지 못하"는 결핍과 결여의 상태로
존재를 내모는 일이라서 자기 착취를 삶의 기본값으로 여
기고 취약함의 고독 속에 우리를 가둔다. "무거운 걸 짊어
지고 줄 위를 걸어가는 사람"에게 "선하고 여린 가지가 고
개를 돌려 중심을 만들" 시간을 마련할 수 있도록 "나오고
싶을 때까지 문을 잠가도" 된다며(「너에게」) 존재를 보듬는 마
음은 자칫 세계로부터 고립된 주체를 영속적으로 타자화
시키는 태도일 수도 있다. "뜻대로 살 수 없다는 것은" 분
명 "슬픈 일"이겠지만 어쩌면 그것이 우리에게 주어진 삶
의 양태인지도 모른다. 그것을 거부하고 외면할 필요는 없

을 것이다. 비록 "열매는 떨어져 밟히고/끝내" 얼어 버릴 수도 있겠지만 그렇다고 주저앉거나 절망할 이유도 없다. "꽃잎을 놓은 후부터 안거에 드는 벚나무처럼" 삿된 욕망에서 모두 벗어날 때 비로소 "그 사람 일은 그 사람의 것"이 되어 온전히 제 것인 삶을 영위할 수도 있을 테니 말이다(「벚꽃이 지기 전에」).

물론 이는 너무 쉽게 세계와의 갈등을 봉합하려는 태도인지도 모른다. 단단한 껍질에 쌓여 있다 해도 떨어져 밟힌 열매는 제 몫의 삶을 이어 가지 못할 여지가 크기 때문이다. "누군가 밟고 줍고 쓸어 내고 마지막으로는 빗물이 모두 쓸어 가 남아 있지 않"게(「구월」) 되는 삶을 받아들일 수는 없을 것이다. 다만 "그곳의 밭이 좋은 것은/홀로 걸어온 눈물 때문"이라고(「산 아래」) 한 시인의 진술처럼 삶의 순간순간 감당해야 하는 슬픔과 고통에 치여 좌절하거나 절망하는 경험을 부정의 형태로 고착화하고 항구화할 필요는 없는 것이다. 이는 삶에 머물기 위해 삶의 의미를 포기하는 것과는 다르게 생존과 삶의 경계를 분명히 인식함으로써 생존에 굴종하지 않는 삶의 양태를 취해야 한다고 말하는 것과 같다. "이해되지 않는 세계, 너와 나 사이 먼 징검돌, 자초한 것들"이(「오늘도 네가 오지 않는다」) 불러오는 삶의 낙차에 맞서 일상을 지켜 내는 것이야말로 존재가 수행해야 할 주체적 삶이라고 강은미 시인은 굴절되는 언어적 맥락을 통해 우리에게 전하고 있다. 이러한 시인의 바람은 "낯설고 참한 저녁"의(「타지의 꽃나무」) 형상을 지닌 '병수네'가 타지에서 또 다른 꽃나무를 키워 낼 것임을 기원하는 마음과 고단한 삶을 살다 떠난 '점순이'의 맑은 모습을 "바라나시로 가는 기차 앞자리"에서(「점순이」) 마주 본 여인의 생에 투영하여 가만히 응시하는 마음으로 이어진다.

시간의 낙차 그 언저리에서

이웃의 고단한 삶에 마음을 두는 시인은 조금 더 나아가 「에스컬레이터는 오늘도 지하로 내려가지」에서 부조리한 사회에서 희생되는 젊은이의 죽음을 애도한다. 사회적 참사를 비롯하여 일을 나갔던 이들 중 매일 두 명씩 집으로 돌아오지 못하는 사고사 통계 수치가 말해 주는 바와 같이 일상적 재난으로 개별 존재의 삶을 위기로 빠뜨리고 있는 사회적 현상을 어떻게 보아야 할까. 시인은 "순식간에/꽃이 되"어 버린 젊은이를 위한 우리 모두의 "눈물"이 정작 "젊은이를 적시지 못"하는 상황을 통해 사회적 비극을 가시화하며 양극단에 놓인 삶의 한 축이 지닌 비참을 폭로한다. "에스컬레이터는 오늘도 지하로 내려가지"라고 말하는 시인의 목소리에는 헤어날 수 없는 비애를 끌어안은 채 살아가는 사회적 약자로 존재하면서도 가시적 세계로부터 은폐되어 "권리와 의무 사이에서/매일 내동댕이쳐지는 그이들"의(「십일월」) 슬픔이 아로새겨져 있다.

어디 그뿐인가. 타자와 관계를 맺지 못하고 단절된 채 삶을 살아가는 단독자의 불안을 어루만지기도 한다. "같은 걸 그냥 보는 마음"이 "통째로 삶일까 봐" 불안해하는 마음 곁에서 "그게 가장 평범한 삶일지도 모른다고"(「삼분의 일」) 위안을 얻기도 하는 시인은 관계의 맥락을 신발에 빗대어 "신발은 신발의 것"임을(「신발」), 자신의 뜻대로 타자를 맞추려고 하는 아집에서 벗어나 타자를 오롯하게 수용하는 것이야말로 삶의 본질임을 우리에게 전한다. 나아가 시인은 관계를 역전시켜 '나'를 타자화하고 그로부터 '너'의 삶을 '우리'의 가능성으로 전환하기도 한다.

> 배꽃이 졌다
> 환희는 가라앉았다
> 새가 쪼아 먹다 남은 봄이
> 배나무와 배나무 사이에 떨어져 있다
>
> 나는 이제 없어
> 네가 나야
>
> 어린 열매와 어린 열매가 헤어지며 낮게 읊조리는 소리가
> 들린다
>
> 언덕을 넘어온 따뜻한 바람이 이 이별을 쓰다듬어 주었다
> 아픈 등을 토닥여 주었다
>
> 외로움을 지나
> 목마름을 지나

경이로움을 지나 서늘해지면

　홀로 선 어린 열매는 우리가 아는 높은 이상을 지니게 될
것이다

—「적과」 전문

　'너무 많이 달린 열매를 솎아 내는 일'인 '적과(摘果)'는 과
수를 재배하기 위한 불가피한 행위이다. 그러나 솎아 낸다
는 것은 한 존재의 망실을 가져오는 일이라서 상실과 소멸
혹은 패배의 알레고리로 작동하기도 한다. 화려한 봄이 지
나고 난 자리에 갈리는 불행한 운명처럼 어떤 어린 열매
는 삶의 지속을 거부당한다. 그럼에도 솎아지는 어린 열매
가 "나는 이제 없어/네가 나야"라고 "낮게 읊조"릴 수 있는
이유는 '나'의 부재가 '너'의 "이상"으로 옮겨 갈 수 있다는
믿음 때문이다. 이때의 "이상"은 '너'라는 개별적 존재의
사적 이상이 아니라 다른 모든 존재가 품었던 "우리가 아
는 높은 이상"의 형질을 지닌다. 솎아지지 않는 '너'는 '나'
라는 타자의 부재를 도약대로 삼아 "외로움을 지나/목마름
을 지나/경이로움을 지나"며 '우리'라는 삶을 꿈꿀 수 있게
되는 것이다. 그러니 외로움과 슬픔, 좌절과 절망의 상황에
놓였다 하더라도 "햅쌀밥에 푸른 배춧잎 찌개를 힘써 만들
어 먹고 마음을 달래야 한다 허기지지 않게 휘청거리지 않
게 살날을 더 생각해야 한다"(「눈 오는 날」).
　이처럼 강은미 시인은 부조리한 세계를 살아가는 '너'

와 '나'의 삶을 차분한 어조로 형상화함으로써 비극을 가시화하면서도 그것을 적의나 분노 혹은 허무와 체념의 감정으로 소모되지 않도록 단정한 슬픔의 감정에 싣는다. 이는 "아무것도 없는//그러나 모든 것이 다 녹아 있는//순한 소머리국밥"에 담긴 마음과도 유사하다. 차가운 몸을 데워 줄 따뜻한 한 끼, 고단한 삶을 조용히 위무하는 저 한 그릇에는 "먼 풍경을 담아 두던 소의 마음"이 녹아 있다.(「소머리국밥」) 육식이라는 층위의 착취 메커니즘을 차치하고 보자면, '소'의 타자성은 국밥을 마주한 존재를 다독여 주는 숭고한 이상에 가깝다. 그러나 이러한 타자성에의 감각이야말로 "전투가 끝나도 여전히 전장이다"에서(「진저롤케이크」) 강요된 화해를 거부하고 "부서지기 직전"의 위태로움 속에서도 "홀로 깨어 일어나 타래의 실을 감"으며(「성탄일」) 지금보다 한 걸음 진전된 삶의 층위로 존재를 길어 올릴 수 있는 외연의 확장을 가져올 것이 분명하다.

> 어디선지
> 짙은 고수 향이 난다
> 고개를 틀게 하는
> 더운 나라 향채
> 타국이다 타국이다 읊조리는
> 목소리
> 누가 먼 먼 이국에서
> 마지막 전철을 타고

돌아가나 돌아오나

누구를 그리다

이렇게 늦게

이렇게 할 수 없이

돌아가나 돌아오나

—「마지막 전철」 전문

　강은미 시인은 부조리한 세계를 살아가는 존재에 섣불리 동일시하기보다는 부재의 상태로 내몰려 있는 타자를 주저 없이 드러내어 존재의 고유성을 상상하도록 이끈다. 이는 존재에게 강제된 세계 내부의 결락과 단절을 응시하고 그 너머에 은폐된 타자를 사유하는 시적 수행으로 나아간다. "오가는 것들이/손에 든 것들이 어깨에 멘 것들이/발에 펜 것들이"(「까마귀」) 가하는 어떤 무지근함의 기저에 무엇이 있는지 우리가 짐작하도록 그 여지를 건네는 것이다. 시인은 현상과 실재 사이의 낙차에 매몰된 타자를 통해 무력한 주체와의 상동성을, 인용한 「마지막 전철」에서처럼 우리에게 질문을 던지고 그에 대해 응답하기를 요청한다.

　갑작스럽게 밀려온 "짙은 고수 향"을 맡는 이 시의 화자는 어느 "먼 먼 이국에서/마지막 전철"을 타고 돌아가고 돌아오는 누군가를 상상한다. 그러면서 화자는 "외지고 외진 나를" "홀씨의 마지막 집일지도 모르는 곳"으로(「온양」) 데려가는 듯한 어떤 회한의 감정이 투사된 "마지막 전철"의 고단함으로 우리를 이끈다. 그저 하루의 삶을 앓는 듯한 마음이 투영된 저 화자의 상상 속에서 우리는 "할 수 없이"란 구절 앞에서 내일에 대한 어떤 결의도 다질 수 없는 체념의 감정을 느낄 수밖에 없다. 그러나 이러한 감정이 삶을 부정하는 데까지 이르진 않는다. 그보다는 "마지막 전철"을 타고 "돌아가"고 "돌아오"는 행위가 지닌 삶의 상동성으로 말미암아 고단한 삶의 어둠을 먹먹한 공감의 층위로 밝힐 방법을 모색게 한다. 우리의 삶은 돌아가고 돌아오는 시간의 낙차 그 언저리에 있다. 헛된 바람과 미끄러지는 욕망에 집착하다 부끄러움과 원망의 정동에 갇혀 절망에 침잠하기보다는 돌아가고 돌아오는 과정 중에 놓인 삶을 긍정하고 그러한 삶을 살아가는 '나'와 '너'를 '우리'라는 울타리로 끌어안는 것이 중요할 것이다.

기실 "이 세상 어디에도 평안은 없"을 수도 있겠지만「남천」 "낮고 평평한 영혼이 있는 곳에"「겨울」 길게 드리운 '우리'라는 별은 천성을 지키며 사는 삶의 여정 속에서 느낄 일상적 상실감과 고통을 감싸 안고 다른 가능성으로 존재를 위로할 것이다. 강은미 시인이 최선을 다해 현상적 부재를 어루만지며 타자와 함께 혹은 타자를 대신하여 단정한 슬픔을 앓는 윤리적 태도가 여기에 깃들어 있다.